Données de catalogage avant publication (Canada)

Traversy, Martin, 1965-
Je ne pleure jamais!
(Collection «3 à 8 ans»)
ISBN 2-920660-46-2
I. Germain, Philippe, 1963- . II. Titre. III. Collection.
PS8589.R337J4 1997 jC843'.54 C97-940904-7
PS9589.R337J4 1997
PZ23.T72Je 1997

À Karl

Le Conseil des Arts du Canada depuis 1957 | The Canada Council for the Arts since 1957

Les éditions du Raton Laveur remercient le Conseil des Arts du Canada du soutien accordé à leur programme d'édition dans le cadre du programme des subventions globales aux éditeurs.

Cet ouvrage a été publié avec le soutien de la SODEC.

Dépôt légal - 4e trimestre 1997
Bibliothèque nationale du Québec
Bibliothèque nationale du Canada

C.P. 300
Succ. Laflèche
Saint-Hubert (Qc)
J4T 3J2

Imprimé au Canada

Je ne pleure jamais !

Texte :
Martin Traversy

Illustrations :
Philippe Germain

Les éditions du Raton Laveur

Je m'appelle Jonathan
et je ne pleure jamais.
Quand je suis tombé à bicyclette,
mes genoux et mes coudes étaient tout éraflés
et j'avais huit grosses prunes sur la tête,
mais je n'ai même pas pleuré!

Quand je me suis fait éclabousser
par six camions à ordures qui passaient à vive allure,
j'étais tout trempé, couvert de boue et de déchets gluants,
mais je n'ai même pas pleuré!

Quand je me suis coupé avec mes nouveaux ciseaux,
il me manquait un bout de doigt,
un bout de nez et un bout de pied,
mais je n'ai même pas pleuré!

Quand je suis allé chez le dentiste,
il m'a réparé toutes les dents
parce que j'avais mangé trop de chocolat,
mais je n'ai même pas pleuré!

Quand ma cousine Daphné, experte en karaté,
est venue faire son tour,
elle a cassé tous mes jouets en trois coups de pied,
mais je n'ai même pas pleuré!

Quand des tas de policiers sont venus m'arrêter
parce que j'avais brisé un carreau avec mon ballon,
on a voulu me jeter en prison,
mais je n'ai même pas pleuré!

BANQUE
7-1
6-1
7-2
3-1
5

Quand j'ai reçu ma première piqûre sur les fesses,
l'aiguille était longue comme le cou d'une girafe
et l'infirmière était une affreuse vilaine sorcière,
mais je n'ai même pas pleuré!

Quand on a oublié mon anniversaire
et qu'au lieu d'un gâteau on a mangé du crapaud,
c'était horrible et dégoûtant,
mais je n'ai même pas pleuré!

Crapo Cola
LANGUES de CRAPAUD AVEC AIL et BANANES

Et quand ma mère, l'autre jour, était si occupée
qu'elle a oublié de me faire un gros câlin,
comme elle le fait chaque soir...
J'étais un peu déçu, ça c'est vrai, mais je...

Ma
maman
xxx

Bon, d'accord!
Je m'appelle Jonathan
et je ne pleure *presque* jamais...

JONATHAN